ソナチネの木

岸田衿子

安野光雅 え

青土社

小鳥が一つずつ
音をくわえて　とまった木
その木を
ソナチネの木　という

わたしはえのぐをといた
昼をとっておくために
窓をみがいた
夜をとっておくために

雲の端をほどいて
セーターをあんであげた
セーターを着た日から
あの人は旅に出てしまった

この季節は　あかるすぎて
文字が読めないから
水の底の小石の数を　かぞえよう
えのころ草の穂をしらべよう

花畑ではいつでもみんな
忘れものをさがしています
サンダルは女神を　楽譜はホルン吹きを
よごれたボールは男の子を

なつかしい夜は　どこへ行った
木乃伊はつめたい石の柩で
星の女王は　鏡と櫛をもったままで
西へ　西へ　かたむく夜は　？

雲は永遠に完成しない
まひるの夢が完成しないのは
そのためである
―哲人ヒポポタマス―

島に出あうたびに
わたしはその島に
じぶんを　ひとりずつ
おいてきてしまう

風をみた人はいなかった
風のとおったあとばかり見えた
風のやさしさも　怒りも
砂だけが教えてくれた

ホルン吹きが　いなくなると
森の木や　水たまりに
たくさんの　音符の屍体を
みつけるのだった

いつのまに　春は
色をちらかしたのだろう
いつのまに　絵の具はかわいて
押花ばかり　置いていったのだろう

さがしにゆく
絵の中から　絵の外へ
まっすぐのびていた道を
峠の向うがわへ　とばした風船を

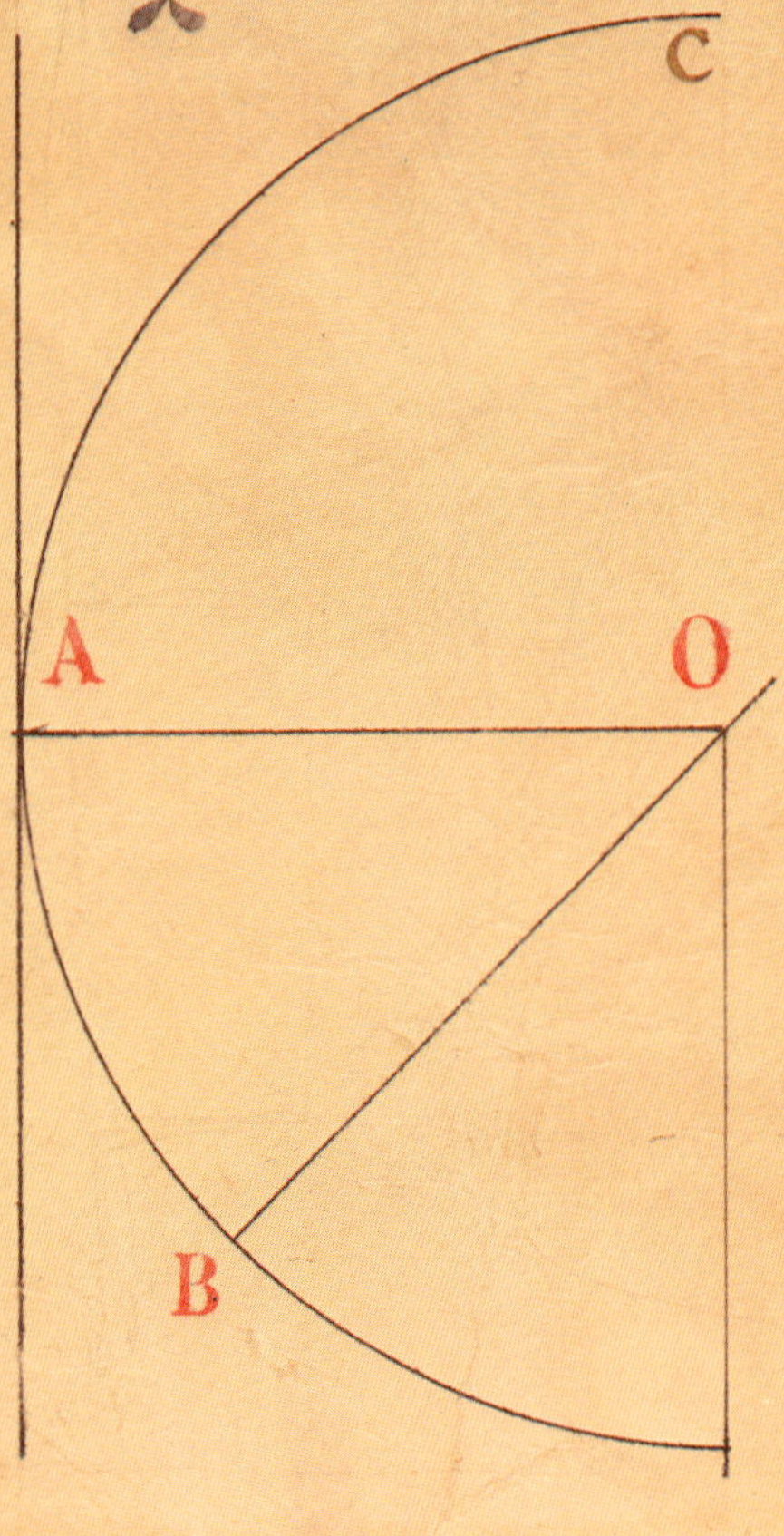

海をわたるために
姿のよい乗り物をつくる
曲線と直線が　天で結ばれた
うつくしい舟

仔馬のたてがみが　炎のようにゆれて
生まれたままの　大地があった
夢からさめたのに
ひずめの音が　まだきこえている

鳥につばさのあることがふしぎだ
卵から雛がかえる
親鳥になって卵をうむ
そんなことよりも

夏の日の　てのひらに
つめたかった鳥の羽
雪のふる日には
ぬくもりがあった羽

一生おなじ歌を　歌い続けるのは
だいじなことです　むずかしいことです
あの季節がやってくるたびに
おなじ歌しかうたわない　鳥のように

一生おなじ歌を　歌い続けるのは
だいじなことです　むずかしいことです
あの季節がやってくるたびに
おなじ歌しかうたわない　鳥のように

一生おなじ歌を　歌い続けるのは
だいじなことです　むずかしいことです
あの季節がやってくるたびに
おなじ歌しかうたわない　鳥のように

草をわけて　続く道と
みえない空の道が
どこかで　出逢いそうな日
モーツアルトの木管がなっている

笛の音は　わたしをつれてゆく
ヒマラヤの　白い峯へ
ババリヤの　黒い森へ
今頃はもう　地球の裏へ届くだろう

この村では誰も怪しまなかった
じぶんたちが絵の中に
とじこめられているのを
水の光さえ　うごこうとしないのを

時計は昔　空にあって
塔の上まで　おりてきた
今では　砂の中にまで
うずまっている

あの頃は　太陽の馬車も
黄金のりんごも
白鳥の卵も
絵本のそとに
ころがっていた

うす紫のショールは
空にのこされて
木の舟だけが
沖へかくれる

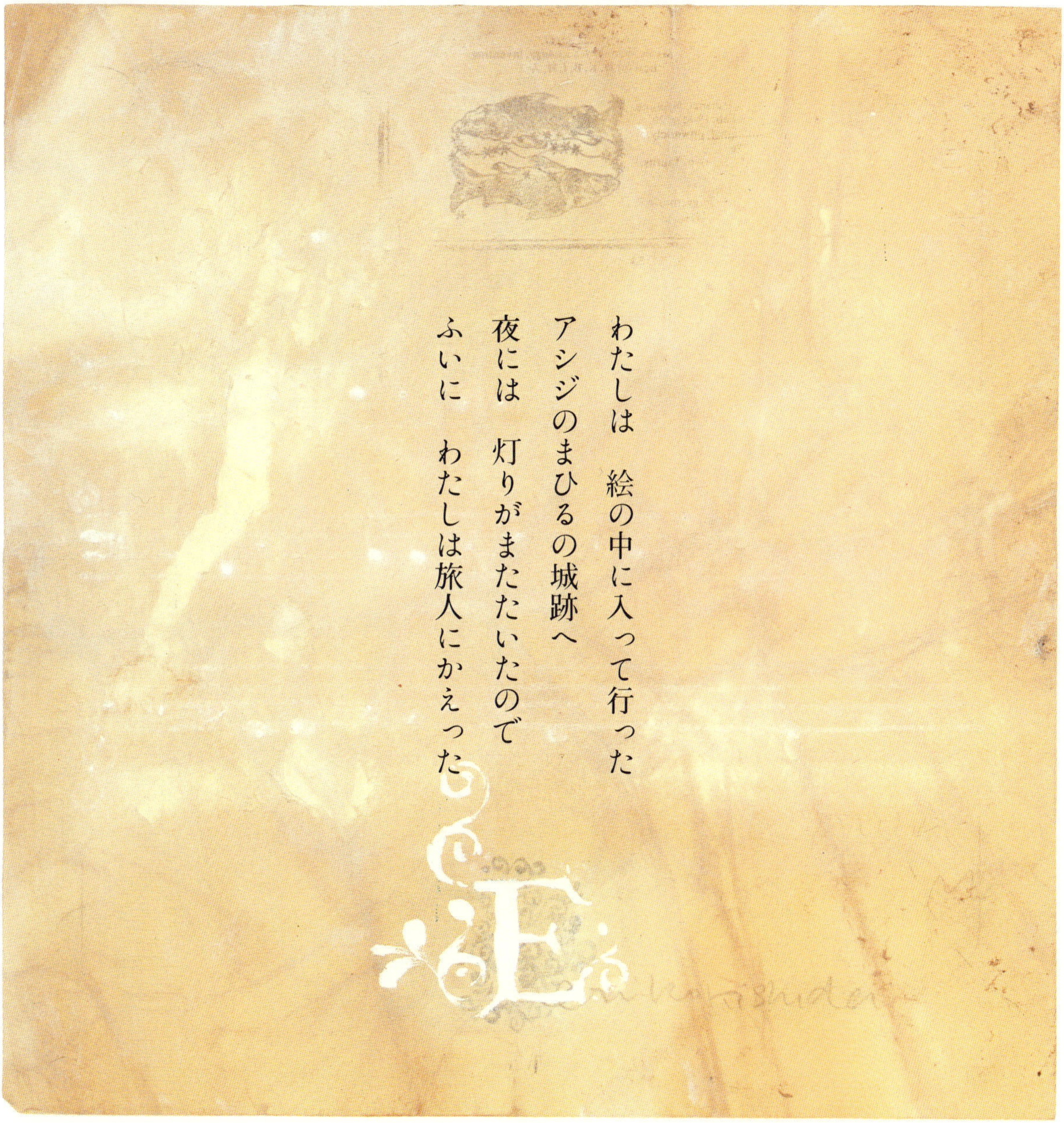

わたしは　絵の中に入って行った
アシジのまひるの城跡へ
夜には　灯りがまたたいたので
ふいに　わたしは旅人にかえった

草が枯れるのは
大地に別れたのではなく
めぐる季節に　やさしかっただけ
つぎの季節と　むすばれただけ

モツアルトがたずねてくる日
わたしは鏡をかくしてしまう
鏡は不吉だったから
にせの彼をうつすかもしれないから

となりの館では
チャイロ・ウイスキイ　が
茶色の夕焼を
ひとりでのんでしまった

水色の　ズックの子に出合う
草色の　風が吹いてる
金色のしいのみが　おちてくる
モーツアルトの一日

地球に　種子が落ちること
木の実がうれること
おちばがつもること
これも　空のできごとです

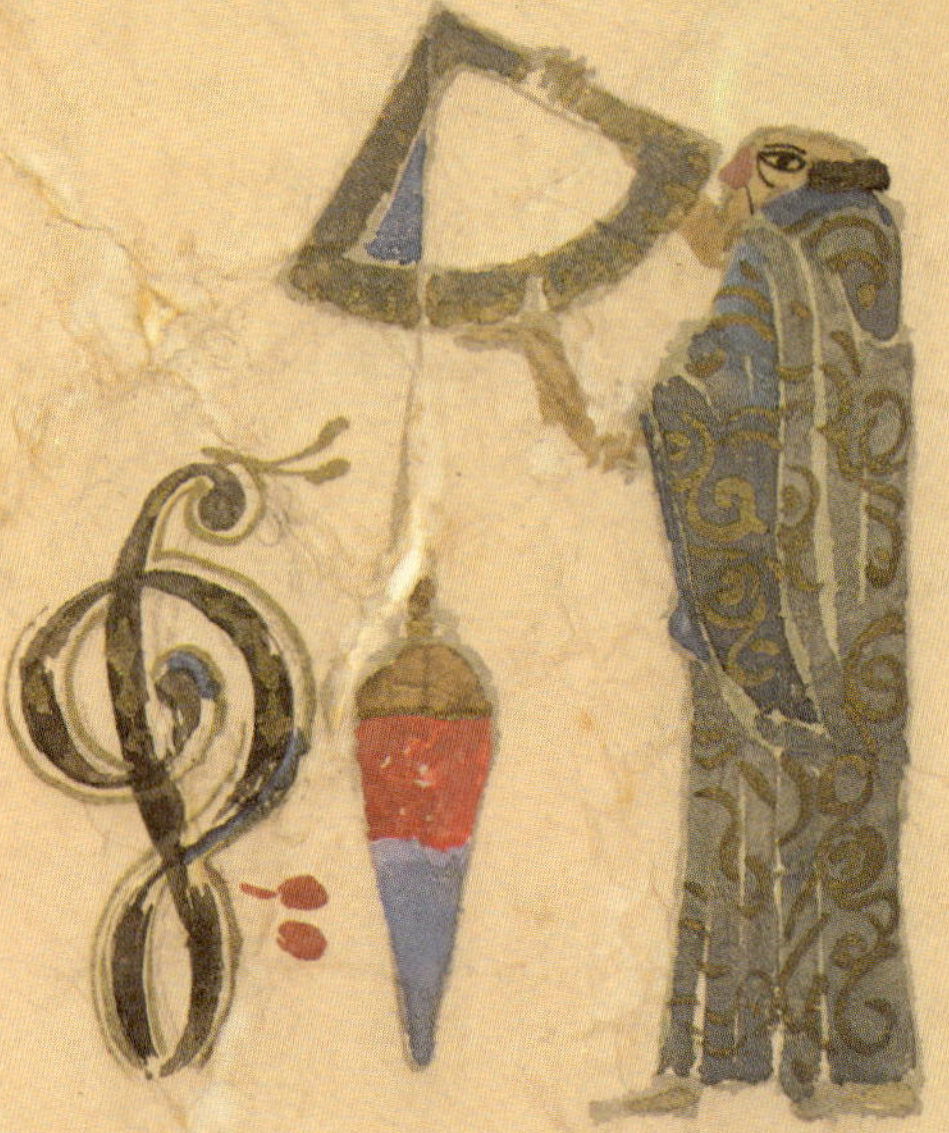

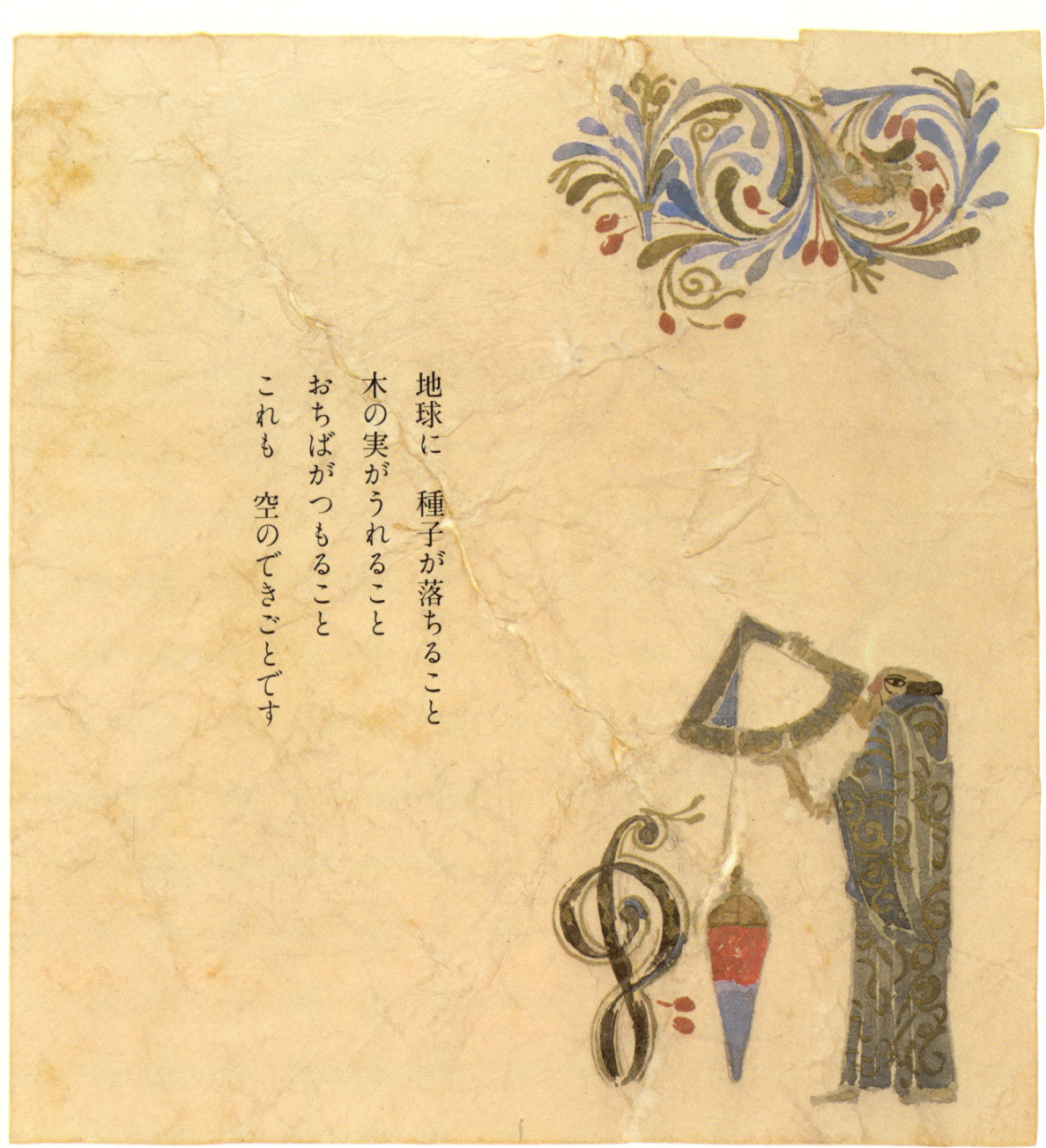

海の涯は　滝なのだ　と
信じていた　なつかしい人びと
海の涯から　とびおりると
空へ落下するのだ　と

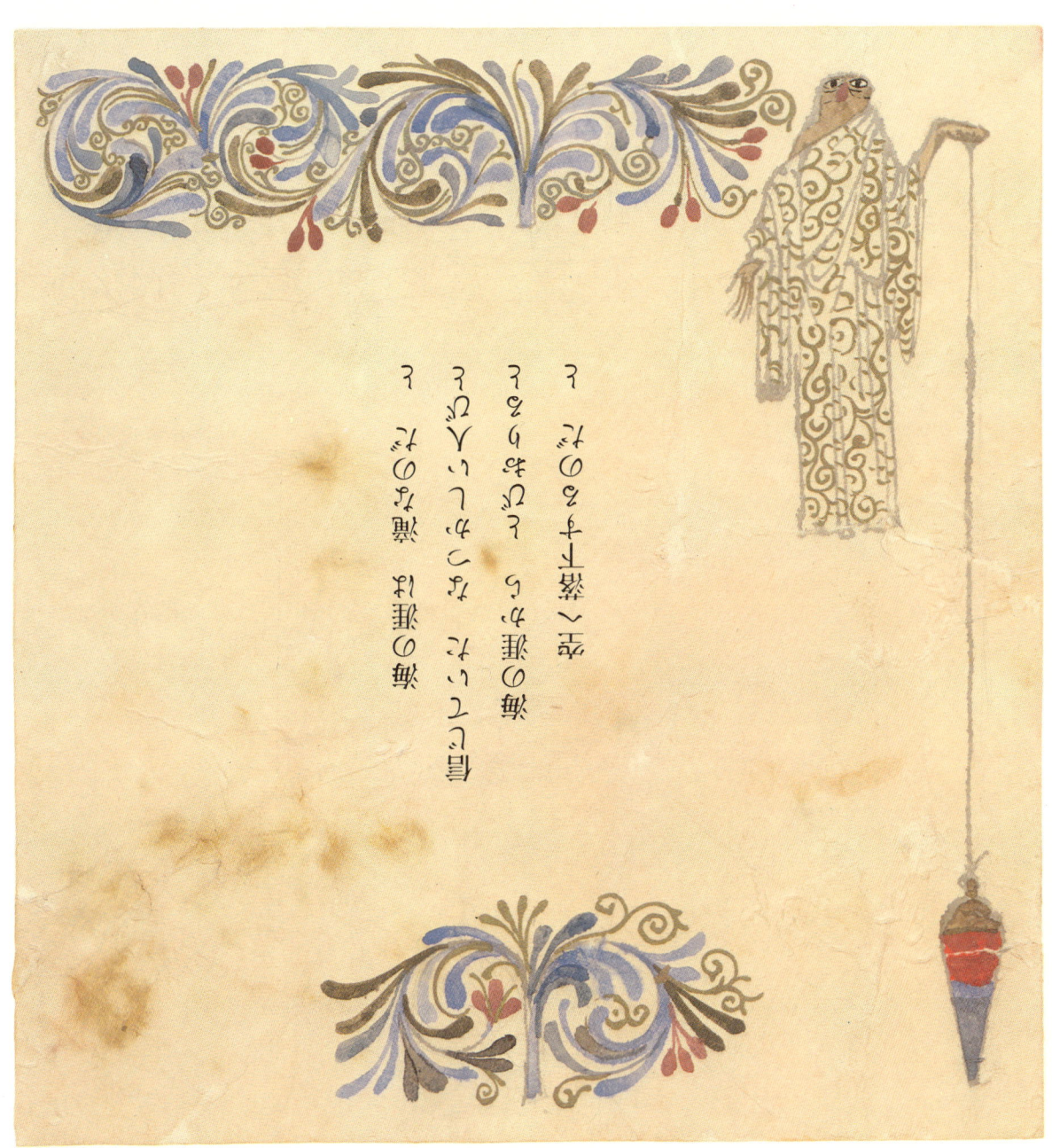

一ぽんの木は
ねむっているわたし
幹は夜を吸いこんで
梢は夢のかたちにひらく

コヨーテみたいに　孤独ではない
栗鼠のように
寄り道もできず
繭の中のうたたねもできない

星はこれいじょう
近くはならない
それで　地球の草と男の子は
いつも　背のびしている

なぜ　花はいつも
こたえの形をしているのだろう
なぜ　問いばかり
天から　ふり注ぐのだろう

まぶしい花火の終ったあとで
あの人は一本の
線香花火を　とり出す
忘れものを　思い出すために

ふしぎなのは
幻の野辺をあるいたことではない
きのう　電話のベルが鳴っていたこと
あなたのかばんの匂いが甦ること

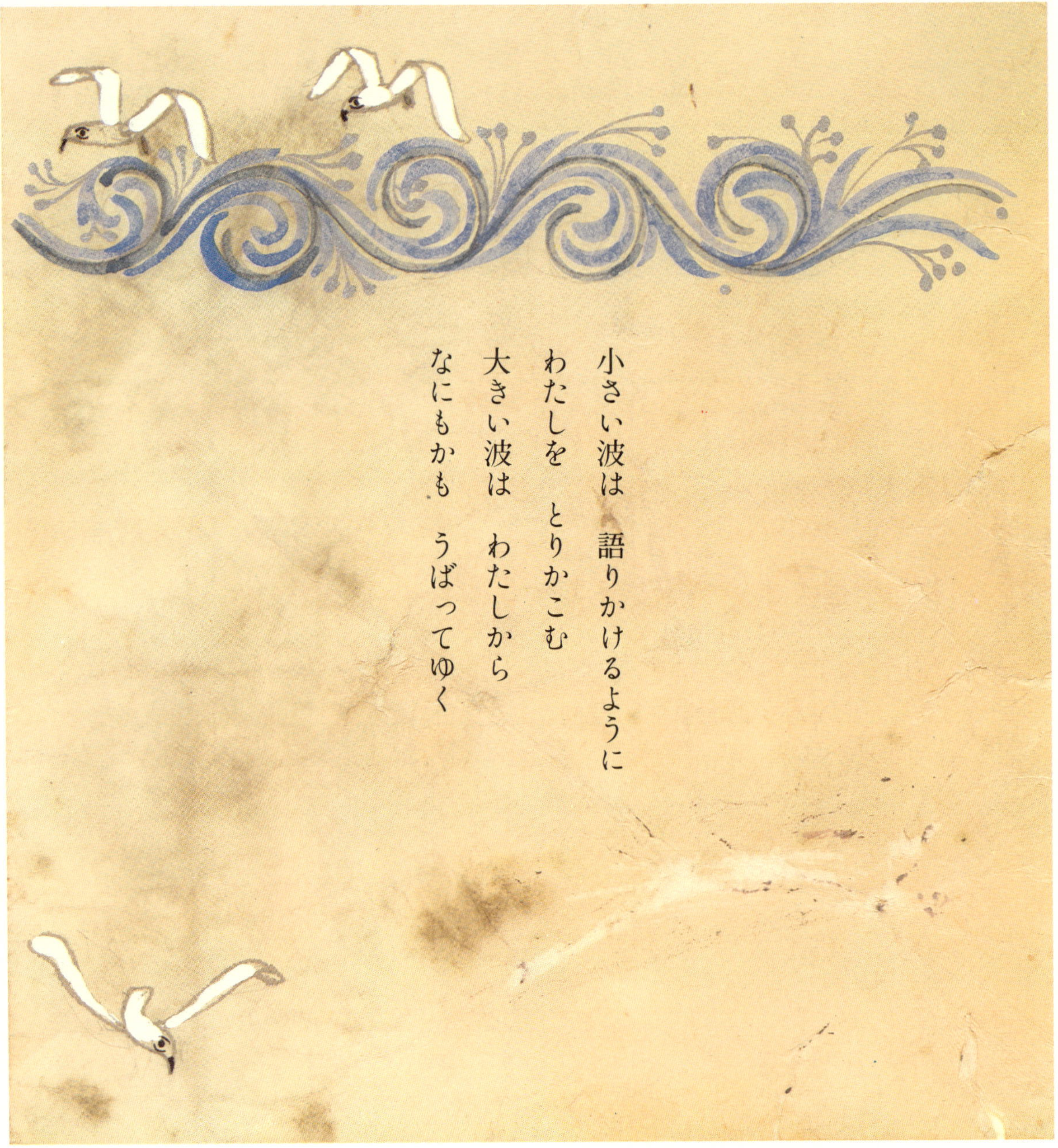

小さい波は　語りかけるように
わたしを　とりかこむ
大きい波は　わたしから
なにもかも　うばってゆく

待つことは　航海よりもながいもの
てのひらに　貝がらの数だけ
昨日を　ねむらせて
舟が見えてくるのを　待つことは

雪の林の奥では
立ちどまってはいけません
歩いていないと
木に吸いこまれてしまうから

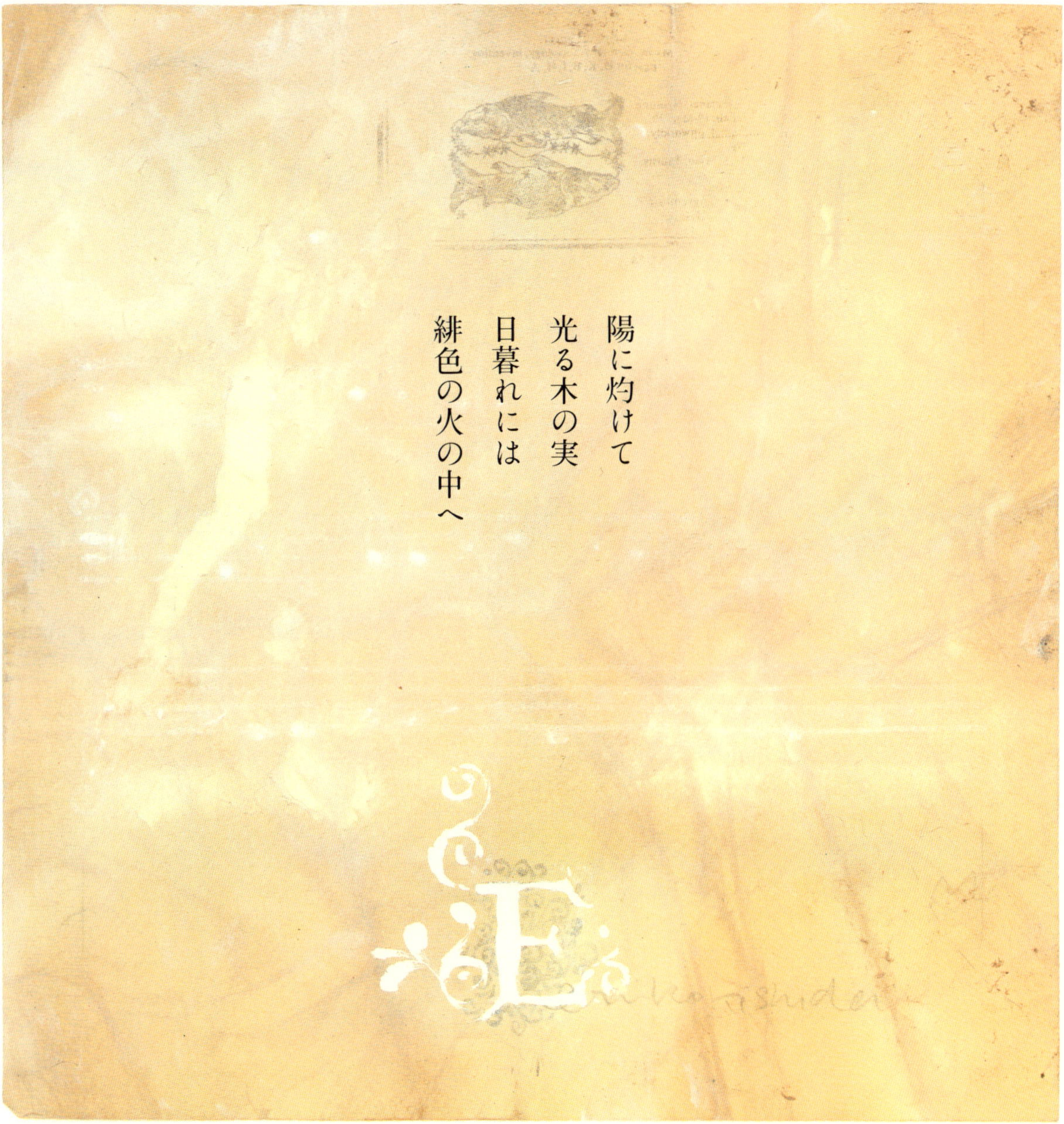

陽に灼けて
光る木の実
日暮れには
緋色の火の中へ

雲と草の穂が　ふれているあたり
モーツアルトの　オーボエがきこえる
わたしは　さがしに行かなければ
おとしてきた　じぶんの影を

昔の村へ　たしかめにゆく
羊雲の下で
ともだちは　待っているか
かやつり草は　むすばれてあるか

眠りの姫よ　起きなさい
長ぐつはいた猫よ
長ぐつをぬぎなさい
青ひげよ　青ひげを剃りなさい

鬼ヶ島に　鬼はいなくなって
小麦畑がひろがるばかり
泣いてる兎はいなくなって
波の音がきこえるばかり

汽車は　おとなの中の子供が
発明したのだ
汽笛は　もう一人の子供を
呼ぶ音なのだ

火のいろが　うつくしくなるころ
陽にやけた　どんぐりは
いろいろな旅にでかける
こぼれても　はじけても

地上でわかれる　わたしたち
アンドロメダほど　遠去かれずに
ドーヴァー海峡で　すれちがう
おなじ　夜ふけの霧のなかで

アランブラ宮の壁の
いりくんだつるくさのように
わたしは迷うことが好きだ
出口から入って入り口をさがすことも

白い花
それは
木の思い出　？
わたしの思い出　？

二人のうち　一人が
旅に出てから
一本の木に　木陰はなくなり
水たまりに　雲はうつらなくなった

小鳥が一つずつ
わたしはえのぐをといた
雲の端をほどいて
この季節は　あかるすぎて
花畑ではいつでもみんな
なつかしい夜は　どこへ行った
雲は永遠に完成しない
島に出あうたびに
風をみた人はいなかった
ホルン吹きが　いなくなると
いつのまに　春は
さがしにゆく
海をわたるために
仔馬のたてがみが　炎のようにゆれて
鳥につばさのあることがふしぎだ
夏の日の　てのひらに
一生おなじ歌を　歌い続けるのは
草をわけて　続く道と
笛の音は　わたしをつれてゆく
この村では誰も怪しまなかった
時計は昔　空にあって
あの頃は　太陽の馬車も
うす紫のショールは
わたしは　絵の中に入って行った
草が枯れるのは

モツアルトがたずねてくる日
となりの館では
水色の　ズックの子に出合う
地球に　種子が落ちること
海の涯は　滝なのだ　と

一ぽんの木は
コヨーテみたいに　孤独ではない
星はこれいじょう
なぜ　花はいつも
まぶしい花火の終ったあとで
ふしぎなのは
小さい波は　語りかけるように
待つことは　航海よりもながいもの
雪の林の奥では
陽に灼けて
雲と草の穂が　ふれているあたり
昔の村へ　たしかめにゆく
眠りの姫よ　起きなさい
鬼ヶ島に　鬼はいなくなって
汽車は　おとなの中の子供が
火のいろが　うつくしくなるころ
地上でわかれる　わたしたち
アランブラ宮の壁の
白い花
二人のうち　一人が

初出・詩とメルヘン・1978〜80

ソナチネの木 新装版

二〇〇六年七月二五日 第一刷印刷
二〇〇六年八月一〇日 第一刷発行

著 者 岸田衿子
安野光雅

発行者 清水一人
発行所 青土社
東京都千代田区神田神保町一―二九市瀬ビル〒一〇一―〇〇五一
[電話] 〇三―三二九一―九八三一（編集）
〇三―三二九四―七八二九（営業）
[振替] 〇〇一九〇―七―一九二九五五

印刷所 大日本印刷株式会社
製本所 小泉製本

4-7917-6284-3 Printed in Japan